ڈیزی اور انڈہ
Daisy and the Egg

Jane Simmons

Urdu translation by Gulshan Iqbal

To my Dad

Daisy and the Egg / English-Urdu

Milet Publishing Limited
PO Box 9916, London W14 OGS, England
Email: orders@milet.com
Web site: www.milet.com

First English-Urdu dual language edition published by Milet Limited in 2000
First English edition published by Orchard Books, London in 1999

ISBN 1 84059 175 7

Typeset by Typesetters Ltd, Hertford, England

Printed in Singapore

''اب کتنے انڈے ہیں؟'' ڈیزی نے پوچھا۔ ''چار،'' آنٹی بٹرکپ نے بڑے فخر سے کہا،
''تین میرے ہیں اور ماما کا سبز ہے۔''

''آپ کی آنٹی میرے لئے انڈے پر بیٹھی ہے،'' ماما بطخ نے کہا۔

''کیا میں بھی ایک پر بیٹھ سکتی ہوں؟'' ڈیزی نے خوش ہو کر پوچھا۔

"How many eggs now?" asked Daisy. "Four," Auntie Buttercup
said proudly, "my three and Mamma's green one."
"Your Auntie's sitting on an egg for me," said Mamma Duck.
"Can I sit on one too?" asked Daisy excitedly.

یہ کوئی آسان کام نہیں ہے۔

It wasn't easy.

ہر روز ماما بطخ ڈیزی کے ہاتھ کُچھ کھانے کے لئے
آنٹی بٹرکپ کو بھیجتی۔

Every day Mamma Duck
sent Daisy with some food
for Auntie Buttercup.

جب چوزوں نے خولوں کے اندر آہستگی سے چونچ ماری تو ڈیزی نے سُنا۔

’’جلد ہی آپ کے پاس بہن یا بھائی ہو گا،‘‘ آنٹی بٹرکپ نے کہا۔

ڈیزی بہت خوش ہُوئی۔

Daisy listened as the chicks tapped softly inside their shells.
"You'll have a brother or sister soon," said Auntie Buttercup.
Daisy was so excited.

جب اگلے دن انھوں نے آنٹی بٹرکپ کو اپنوں پروں کو پھیلاتے ہوئے دیکھا۔

’’وہ انڈے سے نکل رہے ہیں! وہ انڈے سے نکل رہے ہیں!‘‘ اُس نے کہا۔

When they saw Auntie Buttercup the next day,
she was flapping her wings.
"They're hatching! They're hatching!" she called.

ایک بطخ کا بچہ خول سے نکل آیا۔

ڈیزی نے اپنے پہلے کزن کو نکلتے ہوئے دیکھا۔

One duckling had cracked the shell. Daisy
watched her first cousin struggle out.

”اوہ گندہ! یہ سارا گیلا ہے!“ ڈیزی نے کہا۔
”شش!“ ماما بطخ نے جھاڑ کر کہا۔
اس کے بعد اَور دو انڈوں سے بچے نکلے۔

“Yuk! It’s all wet!” said Daisy.
“Shhh!” scolded Mamma Duck.
Then two more eggs hatched.

جب ماما بطخ اَور آنٹی بٹرکپ ناموں کے بارے میں بات کر رہی تھیں،
ڈیزی نے ماما کے انڈے کا انتظار کیا۔
اُسے یوں لگا کہ جیسے اُس نے کُچھ سُنا ہے ۔۔۔ لیکن کُچھ بھی نہیں ہوا۔

While Mamma Duck and Auntie Buttercup talked about names, Daisy waited for Mamma's egg. She thought she heard something . . . but nothing happened.

اُن سب نے سنا ۔۔۔ لیکن انڈے سے کچھ سنائی نہ دیا۔

They all listened . . . but there was no
sound from the egg.

اُس رات ماما بطخ اپنے انڈے پر بیٹھی لیکن اگلے دن بھی کوئی بچہ پیدا نہ ہوا۔

''بعض انڈوں سے کُچھ نہیں نکلتا۔ ڈیزی آؤ اور اپنے کزن کے ساتھ کھیلو،'' ماما بطخ نے کہا۔

لیکن ڈیزی اپنی ماما کے انڈے کے پاس رہنا چاہتی تھی۔

That night Mamma Duck sat on her egg but the next day it still hadn't hatched. "Some eggs don't. Come and play with your cousins, Daisy," said Mamma Duck.

But Daisy wanted to stay with Mamma's egg.

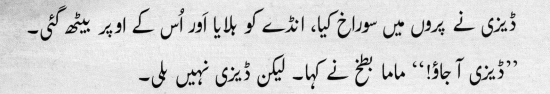

ڈیزی نے پروں میں سوراخ کیا، انڈے کو ہلایا اَور اُس کے اوپر بیٹھ گئی۔

’’ڈیزی آ جاؤ!‘‘ ماما بطخ نے کہا۔ لیکن ڈیزی نہیں ہلی۔

Daisy made a hole in the feathers, rolled the egg in and sat on top. "Come on, Daisy!" called Mamma Duck. But Daisy wouldn't move.

اندھیرا ہو رہا تھا اَور ڈیزی کو ٹھنڈ لگ رہی تھی
اَور وہ تھک گئی تھی۔

It was getting dark and Daisy
was cold and tired.

ماما بطخ واپس آگئی۔ ”ہم دونوں مل کر صبح تک بیٹھیں گے،“
اُس نے بڑی رحمدلی سے کہا۔
”جی ہاں“ ڈیزی نے کہا ۔۔۔

Mamma Duck came back. "We'll sit together until morning," she said kindly.
"Yes," said Daisy . . .

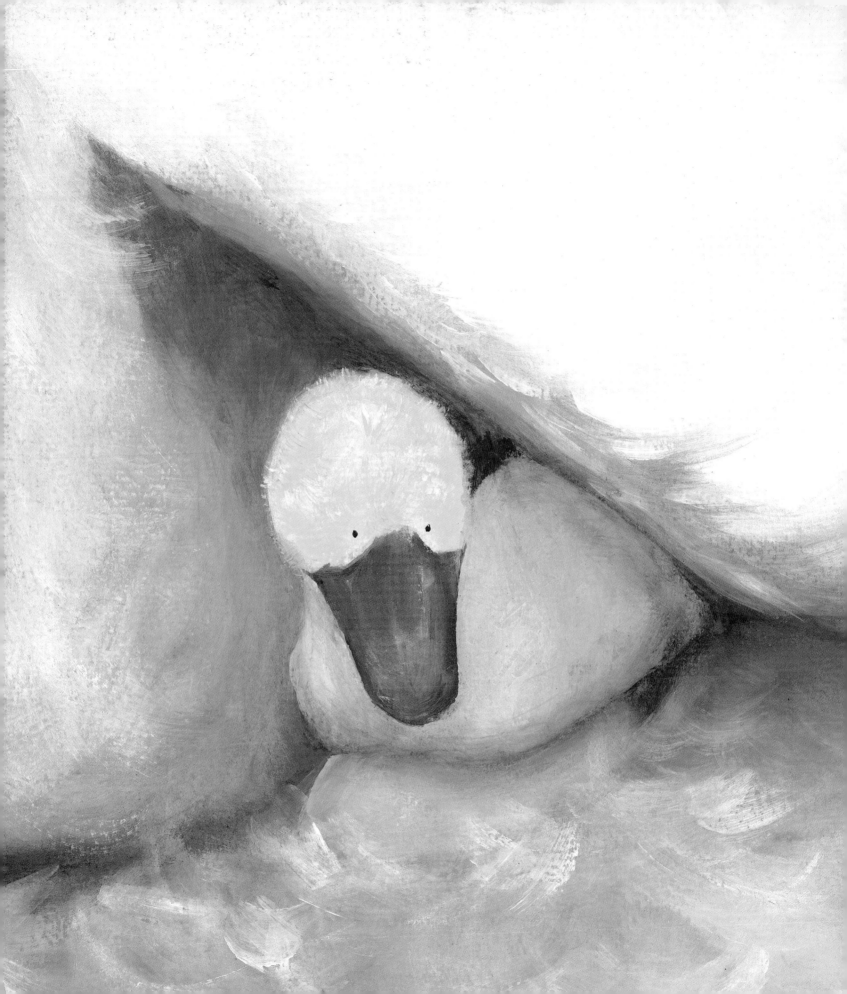

پپ! پپ! پپ! ڈیزی جاگ پڑی۔

یہ انڈہ تھا!

Pip! Pip! Pip! Daisy
woke up. It was the egg!

اُس کا نیا بھائی انڈے سے باہر نکلنے کی کوشش کر رہا تھا۔ ’’ پپ! پپ!‘‘
’’کو!‘‘ ڈیزی نے کہا۔ ’’ پپ!‘‘ اُس نے کہا۔
’’ پپ!‘‘ ڈیزی نے کہا۔ ’’ہیلو، پپ،‘‘ ماما بطخ نے کہا۔

Her new brother struggled out of his shell and went "Pip! Pip!"

"Coo!" said Daisy. "Pip!" he went again.

"Pip!" said Daisy. "Hello, Pip," said Mamma Duck.

جس دن وہ چھوٹا بچہ پیدا ہوا اُن سب نے
سورج کو نکلتے ہوئے دیکھا۔

And they all watched
the sun rise on Little Pip's
hatching day.